Un profundo y sincero agradecimiento a Elini Tola, "El Pastor" Burkhard Sievers, Patty Quispe y su familia, la familia Ticona, la familia Sánchez, DAAD, Rüdiger Stoye, Regina y Sören

First Spanish edition published in the United States and Canada in 2005 by
Ediciones Norte-Sur, an imprint of NordSüd Verlag AG, Gossau Zürich, Switzerland.
Distributed in the United States by North-South Books Inc., New York.

Spanish version supervised by Sur Editorial Group, Inc.

Library of Congress Cataloging-in-Publication Data is available.
ISBN 0-7358-2009-0 (trade edition) 10 9 8 7 6 5 4 3 2 1
ISBN 0-7358-2010-4 (paperback) 10 9 8 7 6 5 4 3 2 1
Printed in Italy

Para obtener más información sobre nuestros libros, y los autores e ilustradores
que los crean, visite nuestra página en www.northsouth.com

Birte Müller

Felipa y el Día de los Muertos

Traducido por Gerardo Gambolini

Un libro Michael Neugebauer
Ediciones Norte-Sur / New York / London

Felipa vivía en una pequeña aldea en lo alto de la cordillera de los Andes. Su abuela había muerto hacía poco. Era muy anciana y la llamaban Abuelita. Nadie sabía exactamente cuántos años tenía. ¡Ni la propia Abuelita lo sabía! Felipa la extrañaba mucho. Abuelita siempre la había acompañado, y siempre tenía tiempo para hablar, para escuchar todo lo que Felipa quisiera contarle. Felipa estaba muy triste, a pesar de que sus padres le dijeron que, cuando las personas mueren, sus almas viven para siempre.

Pero, ¿dónde *estaba* el alma de Abuelita? ¿Qué estaría haciendo? Tal vez su burro sabía la respuesta.

El burro tan sólo
la miró y no dijo nada.

El alma de Abuelita tenía que estar en *alguna parte*.

—Vamos a buscarla —le dijo Felipa al cerdito. Los cerdos tienen muy buen olfato. Buscaron juntos por todos lados. En la aldea, en los campos y en el mismo cementerio. Pero no encontraron nada. Entonces Felipa tuvo otra idea. Quizás las llamas de Abuelita sabían dónde estaba su alma.

Pero si las llamas sabían algo, no se lo dijeron.

Felipa estaba muy desalentada y a la hora de acostarse, le preguntó a su madre:

—¿Dónde está ahora el alma de Abuelita? La he buscado por todas partes, pero no la encuentro.

—Está con los espíritus, en lo alto de las montañas nevadas —le respondió su madre—. Mira qué bellas son las cumbres.

Felipa decidió ir allí al día siguiente.

Al salir el sol, Felipa partió enseguida hacia la montaña más alta.

Caminó durante horas y horas. Pero por más que avanzaba, la montaña seguía estando muy lejos.

Felipa tenía hambre y sintió un poco de miedo cuando empezó a oscurecer.

Entonces escuchó una voz que gritaba "¡Felipa, Felipaaaa!" Era su padre, que había salido a buscarla.

—No puedes ir a visitar a las almas en cualquier momento —le explicó su padre al otro día—. Ellas viven en su propio mundo. Las almas viven en las montañas, en la tierra y en todo lo que crece. Pero cada año vienen a visitarnos en noviembre, y nosotros hacemos una gran celebración en su honor.

Felipa esperó y esperó. Finalmente, llegó noviembre. Todos en la aldea estaban muy ocupados con los preparativos de la celebración, cocinando comidas y dulces especiales. A Felipa le gustaba mucho hacer los hombrecitos de masa dulce. Al terminar, ella y los demás ponían todo en una gran mesa, decorada con flores y velas.

"¿Quién va a comer todo esto?", se preguntó Felipa. Pero entonces comprendió que las almas venían de lejos y que tendrían hambre y sed al llegar.

La aldea celebró su fiesta con las almas durante todo un día y toda una noche. Las calles estaban llenas de risas y música y comidas deliciosas. A la mañana siguiente, llevaron todo al cementerio.

Todos ayudaron a decorar
las tumbas con flores, velas y comida.

Lo que más le gustó a Felipa fue la celebración en el cementerio. Allí se sintió muy cerca de Abuelita. Felipa y sus padres compartieron sus recuerdos de Abuelita. Y Felipa pudo hablar con ella otra vez, como solía hacerlo antes.

Al final del día, Felipa estaba un poco triste porque sabía que Abuelita no podía quedarse con ella. Todas las almas debían volver a su mundo.
Pero también estaba contenta y llena de esperanzas.
—Adiós, Abuelita —le dijo suavemente.

—Hasta el año que
viene en el Día de los Muertos.

ACERCA DE ESTE LIBRO

El Día de los Muertos se celebra el 1° de noviembre en toda América Latina y en muchas partes de Estados Unidos. En algunos lugares, la festividad dura hasta el 2 de noviembre y las tradiciones varían de una región a otra. Las celebraciones pueden llevarse a cabo en los cementerios o en las casas. En algunos sitios, en el primer día se recuerdan las almas de los niños, y en el segundo, las almas de los adultos. A veces, según el país, las ceremonias incluyen bailarines enmascarados que representan a las

almas. En cambio las velas, las flores y la comida para recibir a las almas son universales. Y también lo es el espíritu de la celebración: los sentimientos de dolor y de pérdida se unen a la alegría de la gente que honra a los seres queridos que han muerto, en comunión con ellos.

La primera vez que Birte Müller presenció las celebraciones del Día de los Muertos fue cuando estaba estudiando arte en la ciudad de México. La festividad la fascinó tanto que regresó unos años más tarde para verla otra vez. Escribe la autora: "En mi Alemania natal no tenemos nada semejante, y quería hacer un libro infantil que mostrara esta tradición a los niños europeos. Decidí hacer mi tesis sobre el Día de los Muertos y me otorgaron una beca para estudiar en Bolivia. Allí, donde las antiguas tradiciones están muy vivas, participé en la celebración del Día de Todos los Santos, en una pequeña aldea de los Andes. Cuando regresé a Alemania, estuve un año escribiendo e ilustrando *Felipa y el Día de los Muertos*."

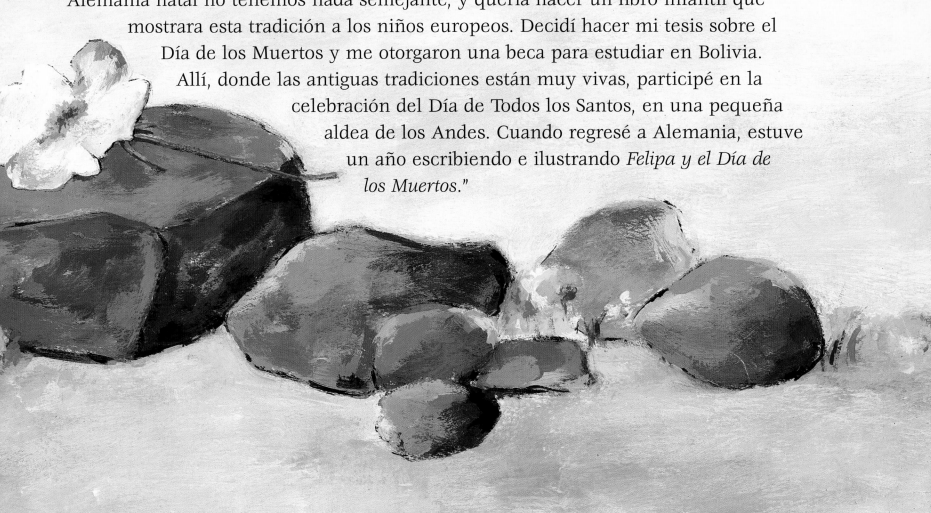